LE
MIRACLE

ARRIVÉ AV CHA-
steau de Renay, prés
la ville de Van-
dosme.

Auec attestation de plusieurs
personnes du pays.

A PARIS,

Chez PIERRE RAMIER,

M. DC. XXII.

Auec Permission.

*Le Miracle arriué au Cha-
steau de Renay, pres la
ville de Vandosme, Auec
attestation de plusieurs personnes du pay.*

IL a tousiours
esté remarqué
& les histoires
tant sacrées que
prophanes, sont
plaines d'exemples qui nous
font voir, & l'auons veu de
nostre temps, qu'aupara-
uant que Dieu veut punir

A ij

les hommes de leurs pe-
chez. Il les veut tirer a re-
pentence par fignes exte-
rieurs, tantoft par la veue
des Cometres, cheurons
de feu, batailles en l'air, &
autres prodiges qu'el on voit
au Ciel, autrefois des mon-
ftres, quelquesfois par des be-
ftes fauuages deuorant les
hommes, & par autres auant-
coureurs de fon ire qui bien
toft fe deféoche fur nous
quand nous ne venons à re-
cognoiffance de nos faures &
pechez.

Au baillage de Blois pres
d'vne petite ville qui s'ap-
pelle Frerenal à trois lieuës
de Vendofme, il y a vn

chasteau appellé Renay, qui
appartient à vn Gentil-hom-
me de la Religion preten-
duë reformée, qui est aussi
Seigneur de Peray. Dont il
porte le nom, & qui est pres
Partenay en Poictou. Au
coin de ceste maison, il y a
vn viuier qui bat les murail-
les d'vn costé, dans lequel viuier il y a tousiours de l'eau,
mesmes aux Estez qui se
trouuent chauds; outre l'or-
dinaire.

Est aduenu qu'en ce pays
là sur la fin de l'an passé, les
neiges y ont esté assez gran-
des, & y ont continué quel-
ques trois semaines & plus,
qu'il se fist vne remise du

froid, & vn degel quine cō
continua pas en forte qu'il
foult fuffiant pour confom-
mer les glaces des eftangs au
contraire la gelee recom-
mença, fuiuis encores d'vne
neige, laquelle vint à fondre
fur la fin du mois de Ianuier
de cefte prefente année
mil fix cens vingt deux,
que ceux du logis dudit fieur
de Peray apperceurent fur la
glace dudit viuier trois en-
droicts rouges comme le
fang ils y vont voir, caffent la
glace & prennent de cefte
eau comme ils penfoient:
mais il fe trouua que c'eftoit
du fang.

Ledit fieur en eft aduerty,

il veut luy mefme voir, il va
fur le lieu, il en faict prendre
& emporter en la maifon
pour mieux cognoiftre, il fe
trouue que c'eftoit du vray
fang, & non de l'eau, cela l'e-
ftonna, la femme & les ferui-
teurs qui en font des difcours
aux voifins, qui eft vn villa-
ge & parroiffe proche ledit
logis, plufieurs y vont ne
pouuant croire les rapports
qui en font faicts: mais ayant
veu fur le lieu voyāt que fans
doute c'eftoit du fang, ils
accompagnent les autres d'e-
ftonnement.

Combien que ledit fieur
& dame de Peray euffent af-
fez recogneu la verité du fait

& ne pouuant cognoistre la
cause, ils s'aduisent d'en-
uoyer à Vendosme pour
querir des pescheurs, à-
fin de sçauoir si c'estoit
point du sang de poisson:
mais lesdits pescheurs estans
sur le lieu, trouuerent comme les autres que c'estoit du
sang, & qu'il proceddoit
d'entre les deux glaces, ce
qui a rendu & rend ledit
sieur & les voysins tous
estonnez.

Aucuns ont voulu attri-
buer ce prodige à la mort du
Curé de ceste parroisse ad-
uenuë depuis vn an & demy
assassiné en sa maison du
Presbitaire, par vn Char-

pentier

pentier du lieu, pouſſé à ce
mal heureux acte de ven-
geance, dela perte d'vn pro-
cés contre ledit Curé, & qui
ſemble n'auoit aucune ap-
parence, d'autant que ledit
ſieur en a faict faire des pour-
ſuittes criminelles à ſon pou-
uoir, eſtant le criminel ab-
ſenté.

Mais la pluſpart des opi-
nions & qui ſemblent eſtre
plus ſaines ſe rapportent que
c'eſt vn ſigne enuoyé de
Dieu pour nous reuoquer &
retirer de nos pechez, ſinon
receuoir vne punition ineui-
table, meſmement en ce
qu'il ſe rapporte que le meſ-
me prodige s'eſt trouué

B

dans le Perche en vne, ou
deux maisons.

Vn chacun se doibt pre-
parer mesmes en ce temps
de penitence premierement
à corriger les fautes passées
auec vn amandement de vie
passée pour euiter en ce mo-
de les afflictions que nous
voyons preparees mesmes en
France & prier Dieu qu'il luy
plaise remettre ce pauure
Royaume en General en sa
splendeur ancienne & en par-
ticulier les subiets vers le Roy
en la fidelité tant remarquee
par les estrangers & en vnion
pour esteindre les desordres
& diuisions qui causent nostre ruine Dieu nous soit pro-

pice & benie, par sa saincte
grace le Roy & les bons Fran-
çois & donné amandement
aux meschans.

Ceux là sembleroient nier
la lumiere au Soleil, qui par
vne meschanceté affectee
voudroit maintenir que tels
signes & aduertissemens ne
sont donnez & ne prouiennet
de la part de celuy qui admi-
rable en ses œuures regist &
& gouuerne toutes choses a-
uec poix & iuste mesure pour
iirer à vne vie meilleure & retirer du bourbier de leurs
meschancetez, ceux qui par
l'excés de leurs vices, ont me-
rité le foudre de la iuste punition & vengeance. De di-

re auſſi qui les donn[e] tous
indifferemment & à toute
heure : ne ſe voit il pas clai-
rement par l'exemple deſes
importuns, qui par vne cu-
rioſité demeſurée, & voulans
comme ſonder ſa Diuine
puiſſance, luy demanderent
des miracles, auſquels il fiſt
reſponce qu'ils n'en auroient
point d'autres que celuy du
Prophete Ionas. Achas pour
le retirer de ſon infidelité, le
Prophete luy dict qu'il de-
mandaſt des ſignes du Ciel
ou de l'enfer qui fiſt reſponce qu'il ne tenteroit le Seigneur ſon Dieu. Ce qui
nous enſeigne euidemment
qu'il ne faut par vne vaine

curiosité , demander des signes & miracles : mais qu'il
les faut prendre au temps &
à l'heure qu'ils nous sont en-
uoyez de la part de celuy qui
ne desirant la perte & ruyne
des meschans ne veut autre
chose que (comme brebis
esgarées) les remettre au sen-
tier de ses saincts Comman-
dements.